내가 더 아플지 몰라

내가 더 아플지 몰라

2026년 4월 20일 초판 1쇄 인쇄
2026년 4월 28일 초판 1쇄 발행

지은이 | 김유석
펴낸이 | 孫貞順

펴낸곳 | 도서출판 작가
 (03756) 서울 서대문구 북아현로6길 50
 Tel | 02)365-8111~2 Fax | 02)365-8110
 Mail | cultura@cultura.co.kr
 Homepage Address | www.cultura.co.kr
 등록번호 | 제13-630호(2000. 2. 9.)

편집 | 손희 김치성 설재원
디자인 | 오경은 이동홍
마케팅 | 박영민
관리 | 이용승

ⓒ김유석, 2026. Printed in Seoul, Korea.
ISBN 979-11-24095-36-2 03810

값 15,000원

한국디카시 대표시선

36

김유석 디카시집

내가 더 아플지 몰라

작가

머릿속에 유리창을 달면

생각이 그림으로 바뀌고

거기 입김을 후~ 불면

투명했던 글씨들이 도드라진다.

2026년 봄
김유석

제2부 부조리

제3부 슬픔은 철없다

제4부 서간체書簡體 풍경

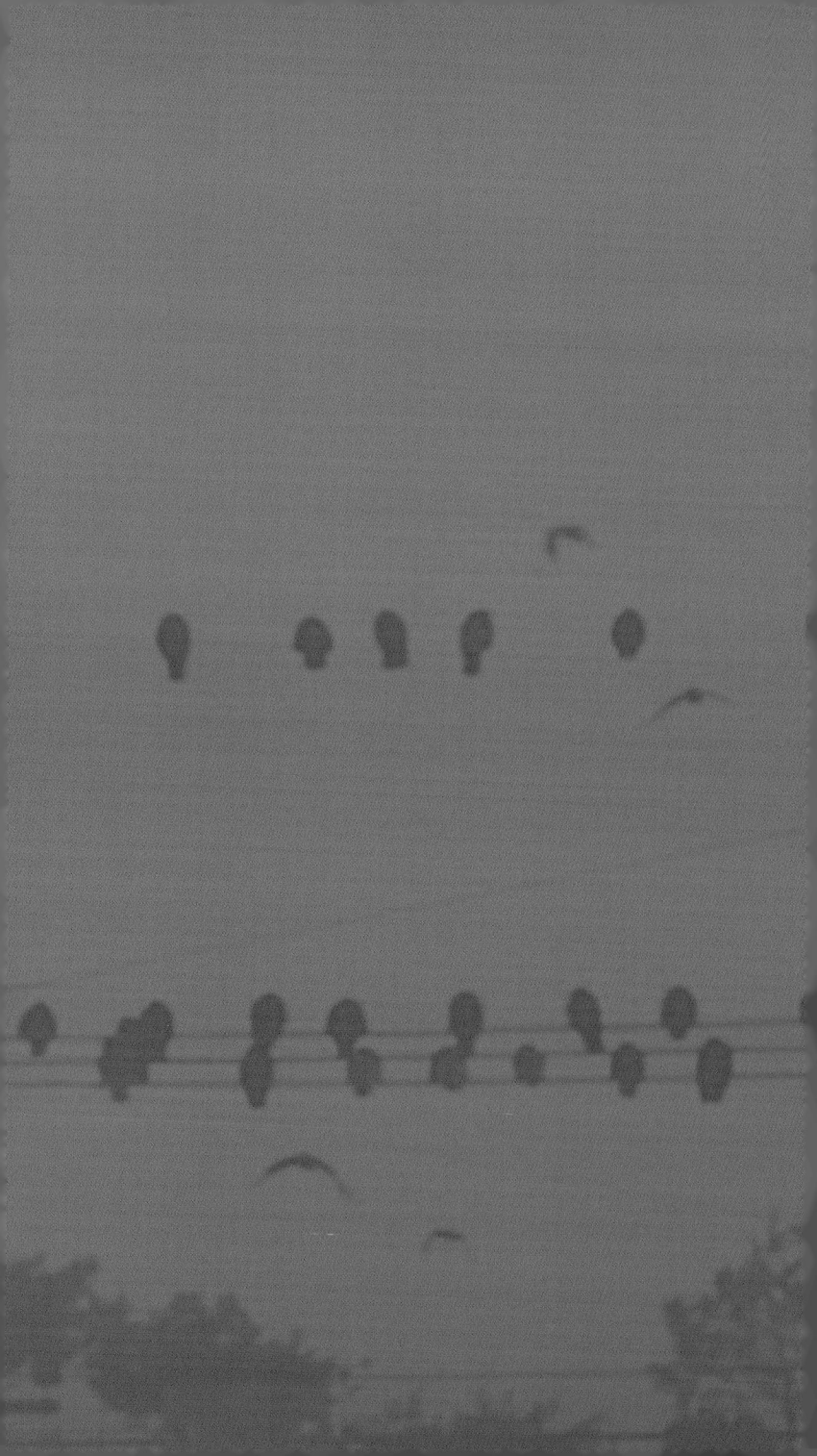

제1부

자연하다

동질성

버린 게 아냐

벗겨진 것도 아냐

두고 간 거야

천칭天秤

쇠 한 근과 솜 한 근의 차이

같은 무게를 얹어도

삶이란 시소는 한쪽으로 기울 때가 있지

무거움을 얹어 눈금을 달기 때문, 얹힌 무게를

조금씩 덜어 수평을 이루는 저울도 있어

조금만, 더

당기면 열릴 듯한데

지그시 열리지 않는 건

내 탓이야

조금만, 조금만

너도 얼마나 열리고 싶겠니

무소유

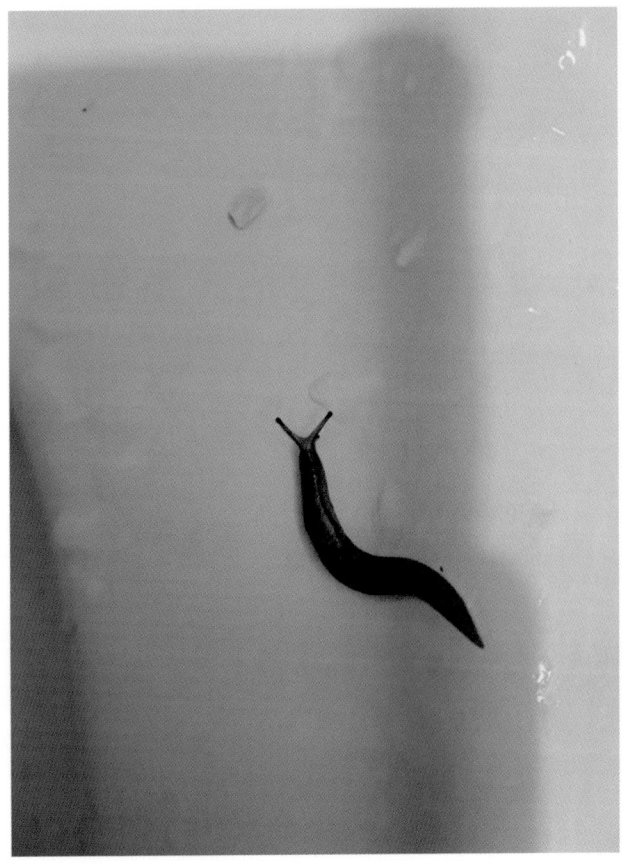

징그러운가

껍데기를 버렸을 뿐이다

이제
더듬이만 버리면 된다

담채

말간 물 도화지에 햇빛 물감으로

우렁이와 조개들 낙서를 한다

제 흉을 보지나 않을까

슬며시 지우려는 바람결 무늬에

얼핏, 이중섭의 아이들이 어린다

곱사등

한 닢, 쓸면

또 한 닢

꼬옥 말아쥔 허공을 놓고

다 저녁 내리는 가볍디가벼운 것이

등을 굽게 했다

지극

올곧은 것들은

속이 없다

마디는

혹惑하고 싶던 것들의 흔적

무량無量

뚜껑을 썼어도

비어 있는 것

가득 찬 것

채웠다 비워낸 것 다 알 듯,

열려있는 그 속은 닿지 않아

동화

책 속에 잠이 있다

상어와 물고기들 함께 헤엄쳐 노는

아름다운 그림책, 그 어딘가

잃어버린 유년의 꿈이 있다

불후의 명곡

클래식도 뽕짝도 아닌

건반도 기타 줄로도 켤 수 없는

여인의 허밍으로만 변주할 수 있는

물방울 방울 음계

발우鉢盂

밥 한 그릇 얻어먹고

한갓진 한뎃잠

성불成佛이면 어떻고

개꿈이면 또 어떠리

나르시시즘

밟히는 게 좋아

뜨겁던 허공 서늘한 그늘

소리 하나로 느낄 수 있거든

밟아주지 않으면 혼자 뒹굴어

실은, 그게 더 자극적이야

허공의 악보

저마다의 음계로 날아앉는

즉흥 소나타

디마이나Dm 베이스 키key로 생을 조율하는

미완의 곡조

틈

벽과 벽 사이

안과 밖 사이

너와 나 사이

금 간 후에야 보이는

또 다른 풍경이 있다

흔痕

갈구어진 연한 흙살에

씨 뿌려

뿌릴 내리고

비바람에 흔들리는 건 너의 몫, 그런데

내가 더 아플지 몰라

제2부
부조리

블랙 코미디black comedy

거꾸로 보면

세상이 더 아름답게 보이거든!

네거티브negative

밝은 부분은 검고

어두운 부분은 하얗게 현상되는

무거운 영혼을

몸 대신 두고 간

철없는 사람

마임mime

말보다

몸짓이 필요할 때

백치의 가슴 읽을 줄 아는 이

달아나는 몸짓으로

내게 오라

범법구역

넘느냐

마느냐

이런 식의 망설임 끝에

사마귀는 간단히

마귀가 된다

들판의 시시포스

넌

이 길이

아직도

수평으로 보이니?

공空즉, 색色

속 빈 것에

속 보이는

속없는 것들을 위하여

弓極

왼쪽이든 오른쪽이든

옆으로 기는 것들을 경계하라

옆걸음치다가 갑자기

앞으로 돌진하는 것들, 참

순장殉葬 1

이런 식으로 꽃을 피우는 건

불법이야

이딴 식으로

꽃을 버리는 것도 불법이야

도미노

일어서기 위해 쓰러진다는 말

무리 지으면 강해진다는 말은 말짱 허사

하나가 쓰러지면 전체가 따라 눕는

때론 바람보다 먼저 드러눕는*

저까짓 것들

* 김수영 시인의 시구절

역逆

모과는 모과를 닮았다

모과를 닮지 않은 모과는 모과가 아니다

혼자 있어도 여럿이 놓여도 티 나지 않는 한통속

닮은 것들이 닮지 않았다고 우길 때

모과 망신 모과가 시킨다

치매

그늘을 내리지 못하는 것은 죽은 것이다

흔들릴 줄 모르는 것은 죽은 것이다

새들이 날아앉지 않는 것은 죽은 것이다

죽은 줄 모르고 허공을 기댄 것들

물끄러미 올려다보는 나도 이미 죽은 것이다

버드나무 허사

휘늘어지는 속성이라 나무라지 말아요

부러지는 것만이 능사는 아니라구요

무저항의 저항이란

무시로 흔들리는 일

자기 체질인 줄 여겨 줘요

후천성

어미 눈망울 속에서 나온 송아지

젖 물어 배고픔 알고

무릎 세우며 울음 익히리

뿔은, 그 모든 일

되새김질할 무렵 돋는 것

냄새의 증거

밟아도 괜찮아

구린내는

내게서 나는 거니까

말끔히 닦아내려 하진 마

네, 원초적 본질일 수 있으니까

명命

개새끼

개 같은

개만도 못한, 욕지거리보다

당장은

이 뜨거운 복날이 문제다

제3부

슬픔은 철없다

순간의 생

우렁이는 기다가 껍데기를 남기고

사람은 무거운 발바닥을 남기고

고라니는 그렁그렁

뛰놀던 숲을 눈망울에 담는다

허공의 무게

꽃 피워 들고 기어오른

내 것 아닌 길

내리자니 허방이다

툭, 끊어다오

바닥을 기는 생이 편안했으리

울음화석

울음 속에서 생겨난 것들

울어서 점점 몸 졸이는 것들

사랑과 허영과 고독과, 그 밖의

자기연민으로 파랗게 멍울진

울음의 잔해

얼레

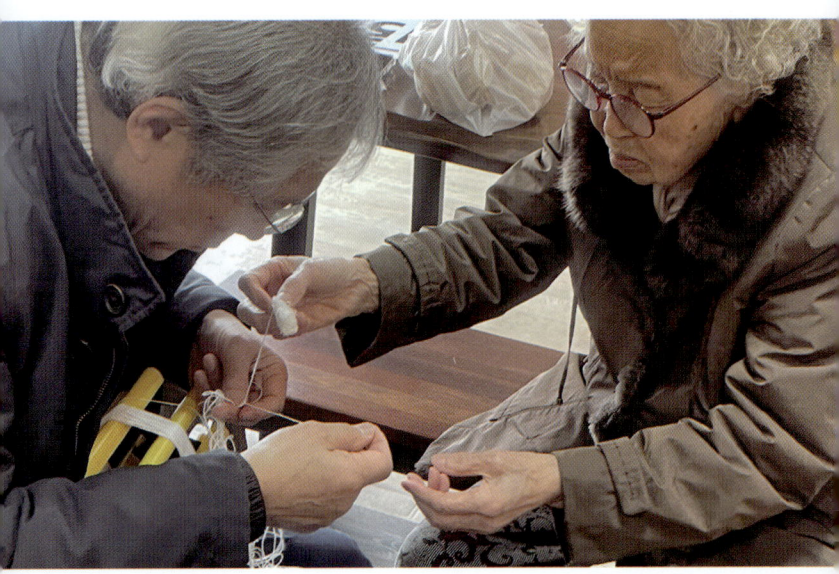

젊을 땐 몰랐지

얽기보다
푸는 일이 더 겨운

연緣줄

설국

여기서부턴 길을 잃어야 한다

풍선을 묶어 들듯

가볍게 발자국을 털고

태엽 풀리듯 나릿나릿 걸으면

홀연 이르리, 설해림雪海林 속 샤갈의 마을

폭력의 역사

사랑이라 말할 순 없지만

스토커는 아니야

휘감는 네 간지러운 곡선

숨 차 죽을 것만 같아

세월

아주 기다란 것이 지나갔다

꼬리만 보인다

꼬리를 밟고 서 있으면

푸르스름한 몸통이 돌아와

칭칭 발목을 감을 것만 같다

천형天刑

허공을 받든 건 무죄

열매를 매단 것도 무죄

세상 참 뜨겁다,

키 작은 것들 위

함부로 그늘을 내린 허물

슬픔은 철없다

눈도 뜨지 않은 것들이

집 밖을 나돈다

눈뜨면 보일까

밥그릇에 묶인 어미의 목줄

세상 밖엔 무엇이 있을까

순장 2

닳아빠진 것들 새 아직 성한 것

무심히 딸려 버려질 때가 있어, 하물며

짝퉁이나 유행이 지난 것

발자국 하나로 딸려 보내는

하얀 길무덤

무리

혼자서는 건널 수 없어

울음도 날개 자국도
새겨두지 않는 공중

몸으로 긋는 스키드마크

그렇게 살아가는 것들은 다 쓸쓸해

들국

혼자 울지 말자, 사람아

아슴히 걷거나 우두커니 서 있어도 좋을 들길

객창한등처럼 낮달 떠가고

집도 절도 없는 기러기도 참고 갔단다

울음으로 바래다주는 생이 너뿐이겠니

홍등

훔쳐볼수록 발그레지는   훔쳐보는 이 뉘 있어

붉을수록 더 훔쳐보고 싶은   빈 들집 문간 저리 붉나

알몸들

불시착

여우야 여우야 뭐하니?

…………

살았니? 죽었니!

…………

가깝고도 먼 어느 홀어미 별에서

불법체류자

이름을 묻지 마오

배고프게 물 건너온 이역

무더기 짓는 건 아예 눌러앉을 기세가 아니라

외로움을 견디는 뜨내기 습속

귀화도 송환도 싫은 난, 아나키스트 양미역취

적요寂寥

슬금슬금, 민들레 고무신 훔치러 가도

꽃을 들고 엉겅퀴 헛기침해도

기척 없네. 필경

먼 꿈소풍 따라나섰으리

강아지풀 목도리

집 떠난 지 몇 날 며칠

이름 부르다가 목쉬어도 돌아오지 않더니

그 목 따뜻히 두르시라

어느 길섶

꼬리만 남겨두었네

납골

끈 바짝 조이고

빤질빤질 닦고

뒤꿈치 접어 느긋이 끌어도 보았으나

결국은 맨발일

이 많은 생을 한꺼번에 살다니!

페드라phaedra*

죽어도 좋아!

이 순간이 절정이야

섹스와 죽음을 맞바꿀 줄 아는 마조히스트, 난

처음이자 마지막으로

딱 한 번 극에 이를 줄 알거든!

* 줄스 다신Jules Dassin 감독의 그리스 영화

내게 필요한 게으름

난 늘 바빠요

이러다 과로사할 것 같아요

시간이 좀 더 천천히 흐르는 별로 보내주세요

서둘러 생을 탕진한

오 마이 갓!

황홀한 스캔들

쉿

마를린 먼로!

단 한 번의 입맞춤에

입술만 남은

내 붉은 청춘이여!

* 이 사진은 어떤 블로그의 작품을 빌어온 것이다.

그리운 옛집

안개의 전류가 켜는 가등

가등에 비치는 희붐한 창

안개꽃 텃밭이 딸린 안개의 집

안개에 감전되어

안개가 되어버린 우리 사랑

별사別辭

오 오 오 오 오~

아아아아아~

우 우 우 우 우~

오오아아우~ 아아우우오~ 우우오오아~

난해한 눈발의 문장이여

감옥

호박넝쿨과 능소화를 내민들

그 외로움 들여다보는 이 있겠나

그냥

담장만 허물면 될 걸

녹물

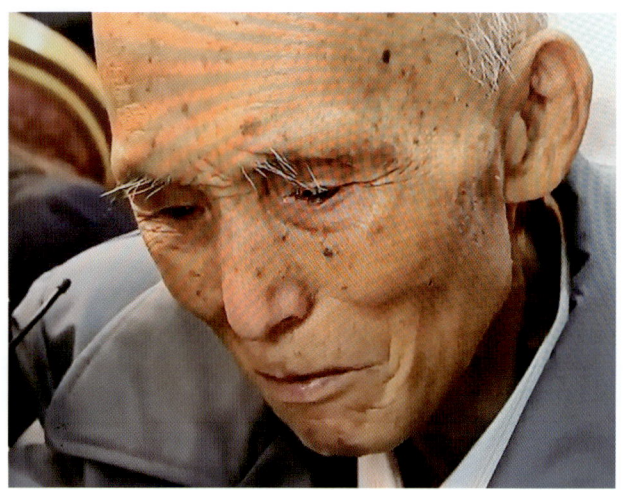

굽은 눈길

잇몸 꽉 문

감정의 액체 속에는

분명

녹슬어 빼낼 수 없는 못이 박혀있을 거다

중독

실상을 오래 바라보면 허상이 어리지만

허상 속에 갇히면 실상이 보이지 않는다

실상과 허상의 경계를 사르는 불꽃

그게 삶이다

물주름

하염없이 밀어 오는 거품의 뜻

이젠 알겠네

우린 너무 오래 마주 바라다보고만 있었구나

나란히 한 곳을 바라볼 날 있을지 몰라

들판에 창을 달고

집을 앉힐 때 눈매 야문 농사꾼은

창을 먼저 염두에 둔다지

아침 햇살 길게 사래 땋고

석양 도렷히 식솔 둘러앉히던 기억

폭삭 주저앉는 날까지 견디려고

속절

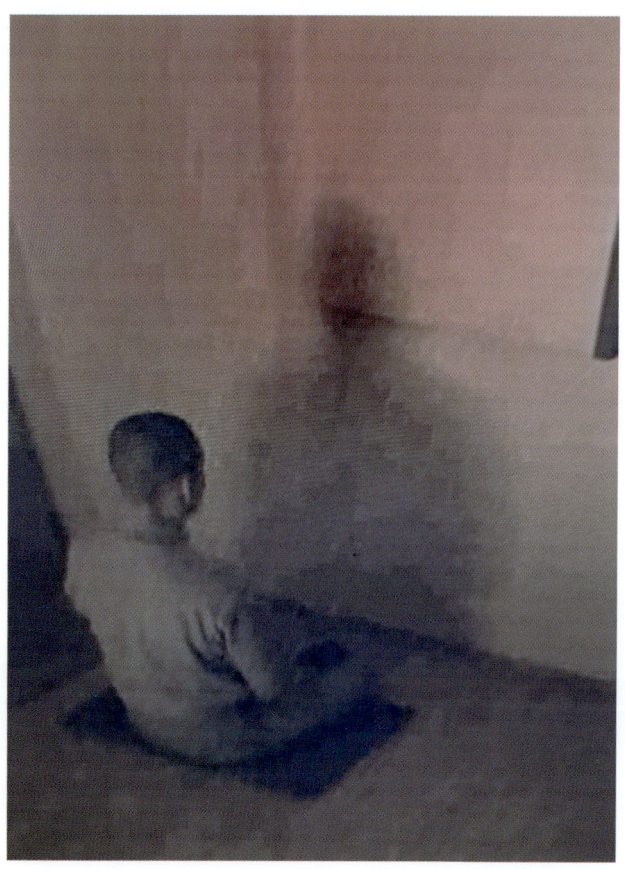

얼마나 오래 면벽해야

…

‥

·

저 그림자 지워지나

새빨간

실장갑 한 짝으로 틀어막아

식량은 국력!

신토불이!

그런 말들이 황송해진 건 아니다